草木辞

段景 著

新疆生产建设兵团出版社

图书在版编目(CIP)数据

草木辞 / 段景著. -- 五家渠 : 新疆生产建设兵团出版社,2020.8(2024.4重印)

(绿洲文库)

ISBN 978-7-5574-1419-1

Ⅰ. ①草… Ⅱ. ①段… Ⅲ. ①诗集—中国—当代 Ⅳ. ①I227

中国版本图书馆CIP数据核字(2020)第169689号

草木辞

出版发行	新疆生产建设兵团出版社
地　　址	新疆五家渠市迎宾路619号
邮　　编	831300
电　　话	0994—5677185
发　　行	0994—5677116
传　　真	0994—5677519
印　　刷	永清县晔盛亚胶印有限公司
开　　本	32开
印　　张	5.75
字　　数	100千字
版　　次	2020年8月第1版
印　　次	2024年4月第2次印刷
书　　号	ISBN 978-7-5574-1419-1
定　　价	36.80元

目　录

第一辑　时间沙

第二辑　草木辞

第三辑　长歌吟

第一辑

时间沙

在时间的尽头回望我

1

明月无约而至,有酒也有眩晕
而影子和我,并没有成三人

等春天的河水滔滔
我是暮色尽头最后一片雪花

2

沙枣花香来自六月的风
空山哑默,鸟鸣被山野的寂静收割

如果众生静默如谜
我能在落叶深处听到时光的回响

3

在词语的森林里历险
青丝熬成白发,你浑然不觉

那些轻浅溪中露出的青石
澄明的花却开在墨色深处

4

一回头就看见树枝上的那只鸟
黑白电影散场,喧闹的潮声退去

我回望的那条回家的小路
在时间的尽头也回望我

水与沙

想象之物的两级
南方与北方,依赖真实的连接
湿润与干旱的对视,奇妙的开始
水与沙,清澈连接、融合
于是翻涌的海,水亦是沙
一支桨撩动一朵莲的寂静
早晨和黄昏一起越过时间的河流

一只鸟雀飞过村庄的屋檐
自然主义被封闭在一个土黄色陶罐中
在颓败的一截土墙之下
这只蚂蚁的一次远途旅行被人们漠视

水与沙,在想象之物的两级
当月亮悬在深邃的澄澈之空
冬天暗哑,别把你的眼睛移开
繁复的修辞轻易说出它曾费力说出的事物

为我们的词语加一件披风
有同样力度的一阵风
吹皱了一片沙海的涟漪
能吹疼的还有冬天暗哑的喉咙

雪房子

我隐匿于冬天的深处
光的冰柱割开尘封的旧事
在雪花的灵魂里
她唯一跟随的是太阳的意志

那束光指向火热的核心
鸟儿飞向更高的枝头
雪房子立在思想的悬崖边
以鲜花点燃枯竭的水流

那些蒙上灰尘的旧事
在光的烈焰中燃烧
把我也折叠成一个未完成的旧梦
还原到一本书的册页里

回首之间,在万仞的绝壁边
那间雪房子原来是时间的抒情诗

蛐蛐的歌

从墙根唱到炭棚下
从咫尺唱到天涯
它整夜地吟唱
最后的听众只剩下月亮

从田野唱到沟渠
从枕边青丝唱到早生的白发
蛐蛐唱响了一首乡愁之歌

我最熟悉的那一只
钻进了泥墙里的草垛
最后停在童年的时光里
那些旧物的影子又添了一笔新愁

冬天的抒情

苍茫的雪
冰凉的泪
同属于冷的两种物质

当水遇到雪花,雪城融化成溪流
时间廊柱可以围合一座城
我们一同属于所有的冬天

让雪融化于我的掌中
枯叶沿着冬天的纹路走远
让我消融于一片雪花的心里
冬天的寒冰被风吹开裂口

我驻扎在雪的心里
以雪的眼睛看着世界
看见苍茫的白色　时间的白

时间沙粒从冬天的缝隙里流泻
雪和水　在冬天握手言和
春天的暖与冬天相隔一片雪花的距离

空　白

在空白处画下的第一笔是最难的
我提着篮子的手一直停在那里
八月的阳光没有吹干露水
我被你的笔滞留在画里

我右手边指向的小路
通往的山谷,那里的美无法言说
树根抵达时间的内部
无法描绘的鸟鸣隐藏在画布的深处

我听不到你的呼唤
我甚至还未被你命名
你没有画出一条路
只有一道深渊横亘在生活的两边
一边是庸常,一边是希望

在你未画出的延伸处
一只白猫爬上屋顶
远处是一片虚构的麦田
空白处守着一个稻草人

我是被你画出的稻草人
守望一处虚构的麦田

时间沙

雪的洁白覆盖了泥沼
此时从镜中看到几根稀少的白发
颓败的墙壁,我在墙角找到那粒纽扣
不知道曾经缝在哪件旧衣服上
从一堆旧事里,发现温暖的底色
雪花装点成冬天额头上的寒霜

桌子在那里一如往常
时间将嘴角上扬
微笑改变了弧度
那些在书页里被来回翻捡的文字
被时间打磨得簇新

白发和寒霜在镜子里被剥去
房间里阳光依然很暖
时间又重新还给时间
时间经过我时,我站在时间之外
一只持续鸣叫的蟋蟀跌进旧梦

时间之谜

1

雪的肌肤是苍茫的白色
时间的肌肤是暗哑的灰色
一本没有页码的时光之书

2

墙泥里镶嵌的麦草回忆从前的青色时光
院子里的太阳花努力地开了一夜
时间的钟锤遗忘了摆动
被遗忘的时光,金片一点点剥落

3

早生的白发对着镜子发脾气
结痂的伤口又被时间的刀剖开
一缕炊烟让村庄变得温暖
晚归时,蝙蝠的飞翔多了一双修辞羽翼

4

如果能随着时间的轴线回到最初
我想把你额头的黑发撩起
覆盖着千重白雪的沙里
开出一朵小小的虚无之花

守夜人

多少年以后，我还记得他
那个为我父亲守夜的人
我们分坐两侧，悠悠烛火是暖的
躺在石床上的人是冷的
原来死和生只有一截烛火燃烧的距离

为我父亲守夜的老人
他的家就在殡仪馆里最靠角落的屋子
过年前，他也会在门上贴红对联
他穿的鞋子是捡来的，系扣的女士鞋
他的衣服也是好心人送的
在最冷的夜，有没有炉火给他温暖

那一夜是最漫长的夜
听守夜人讲他自己的故事
有多久，没有人听他讲这么多话了

离愁别恨,起伏跌宕的一生
最后将他逼进命运里灰暗的角落

多少年以后,在父亲的墓前
我会想起那个守夜人
如今他身在何处
或者已经和父亲一样
骨头和土地亲吻在一起
那一夜的烛火曾经温暖过我

未完成的诗

在一盏朴素的灯光下
我费劲力气想完成的一首诗里
一匹马载着一袋子意象从文字里走远

被思想阻塞的时针迈不动脚步
一场无止尽的雨纷纷扬扬
我遁入一条人烟稀少的路

在这条路的两边
有细节、奇想、幻境作装饰
也有踌躇、混沌的影子

我们终会在阳光下晾晒那些干燥的事物
棉花,麦粒,羊群还有云朵
我想描绘的快乐和幸福
会写在下一首未完成的诗里

夜游夫子庙

灯光昏暗,一路走下去
我们走进历史的深巷子
河边的船上,有莺歌燕舞
历史的烟尘飘得很远

在多样的小百货摊位之间
穿越在一条古代的市井闹巷里
秦淮河水曾经把妇人的脸洗得素净一些
湿滑的青苔爬过三层石阶

天色更暗了,船夫摇动的桨声也暗下去
此时我翻到某一章节的旧书页
那一首唐代的五言诗句
连同秦淮八艳脸上的脂粉纷然而落

夜访周庄

一条行进中的乌蓬船
摇动落花,摇落黄昏
爬过三层石阶的青苔把心事拉长
在河边洗衣的妇人皱纹里埋着隐痛

过了拱桥,艄公开始讲故事
佳人的脸探出小窗,落花总有情
才子的长衫凉薄,影子走远成为一个墨点
美人的脸上有泪,有胭脂被风吹落

水中的魅影被欲望拉长
菱花镜中的容颜被烛火等老了
被一个漩涡卷进去的一段轶事
打捞出一个真实的月亮
挂在岸边的树梢上

明月松间照

清泉在石头之上
乡愁是一缕轻烟悬在屋顶
在蒙尘的心底开出的一朵
明妍的月光

一方砚台被研磨之间
旋出的墨色,开成一朵莲
王维让自己沉溺于澄明之间
心事若莲,明镜如水
一口井,由伤口喊出回声

皮　影

在她被雕刻成人形之后
她不得不驯服于她的影子
在光与影之间重生

她和她的影子缠绕在一起
比紫藤的叶脉延展得更长
在光的缝隙里
月亮的尾翼悬着虚空

没有操纵命运的手
她的影子就会委顿下来
从高处跌落的灰尘会更轻逸

在黑暗的深处她被时间剪裁
一枚果实的成熟和跌落
其中必定经过轻度发酵的寂寞

黄昏从高处走下来

被时间雕琢的影子　离去

她比尘埃落下时更寂寞

茭　白

绿色的茭白田，一片风吹过
幽闭的门被吹开了
从黑色的泥土里深入下去
白色的枝干蓬勃而出，犹如莲

后院门外都有一小片墓地
陈小妹、张小妹、李小妹
她们活着的时候，曾经和茭白一样的白月光
茭白的甜，月光凝结的疼痛
刻在心里的名字，是茭白一样的姑娘

远远的米香从沸腾的水面溢出来
巷子里有邮差送来一封信
一个旧名字，一段旧时光
在树上刻下年轮，在纸上写下隐忧
一粒盐去根部寻找咸之前的苦涩

总统府里的两棵树

一座院子人去楼空
剩下一园子树木的魂魄
一棵榔榆,另一棵松柏最寂寞
活得久的灵魂里长满了虚空

权力的杖柄已经枯朽了
树木的根系却能掘进时间的内核
繁茂的枝蔓攀缘着向上的力蔓延
灰尘开出明妍的花依然绽放

开在深巷尽头的白玉兰
一听到脚步声就收拢了身姿
等我再回首时
她挽着半缕夕阳的微光越墙而去

雪落无声

雪落无声
雪花落在柴垛上
月亮刚在睡梦里翻了个身
墙角蟋蟀的叫声也被梦带走了

花落无声
太阳花在夜里收拢了身体
月亮悬在树梢的延伸处
花影在月光下半生叹息

雨落无声
从一个不可测量的天空落下
秋天紧了紧衣裳
她的眼睛被秋霜涂抹得更忧伤了

夜落无声
黑夜坠落至比黑色更深沉的夜

空山无影，最后一只鸟也收回了鸣叫
一小片寂寞从夜里逃了出来

霜落无声
寒霜从冬天的缝隙中凿开一条路
在时间的暗影下
那个人的影子越走越小
从书里的一片秋叶上听到时间的哭泣

三味书屋

游人如斯,一堆波浪涌过去
一堆波浪涌来,我是其中之一
当我垫着脚尖伸长脖子看进去
看不到那个曾经读书的少年

从一间屋子到另一间屋子
帐幔、书桌上都蒙着灰尘
曲折的回廊,青石小路上的脚印模糊
想来鲁迅的童年也是五彩斑斓的
后院里,石头缝里的那只蟋蟀还在唱歌

我想到自己老家的院子
为了争一间最安静的屋子
我只有等到哥哥工作离开家
在安静的石头缝里,也有一只蟋蟀
它的叫声也一样婉转,温暖
把月亮叫醒了,洒了一地的银

与岑参赏雪

没有被预告的大雪悄然而至
我看见远方山的黛影处
一匹马载着一人自远处徐缓而来

一袋子雪花和一袋子诗句
分列在马腹的两边　分不清孰轻孰重
清瘦的岑参,蓝布衫卷起雪花
一千棵树上的梨花就开了

一碟蚕豆就着西域凛冽的风下酒
唐宋的诗或词,在你忧郁的眼中
温热了一壶陈年的酒
顺着时间的轴线缓缓而下
在我这小小的杯盏之间

今晚的月亮,高悬在塞北的一隅
一千棵树上的梨花依然开放
你的身影缩小成白纸上的一个墨点
而我在你途经的一个驿站
写下这些不能被人读懂的诗行

夜寻寒山寺

一片枫叶的红结霜了
一座空寺庙
月亮孤单地悬在高处
我听到渺远的钟声
被虚空敲响的钟声

姑苏城外河水依然流淌
没有船,也没有客
流淌的河水并不清澈
诗人的诗句坚如石
在时间的河流里留下印记

在此时,寒山寺外
由天空飘下的细雨说出
镜中,月如霜,水无痕
一行白鹭飞成一缕淡淡的烟
山茶花的笑靥　片片凋落下来

朱枫公路

被枫叶装饰的一条路
一抹红色点亮一盏灯
然后点亮全部的灯火

被灯火装饰的夜晚
一些隐约的蝉鸣叫醒最初的夏
然后叫醒恒久寂静的岸

一片云斜倚在睡莲的鬓边
在异乡人的眼中
茭白的绿色里藏着一些忧戚

走着走着我会遗忘很多事
那些被沙土淹没的牙齿还在噬咬疼痛
收音机里一首隐约的歌听旧了

古月光

月光翻开古钱币的背面
带着王冠的男人在钱币上站久了
感觉有点冷,永恒被收藏
我站在橱窗外,与他相隔一千年
古月光和今天的月光略微不同
飞蛾抖落了一身银色香粉回报我

一只犬从他们的身边经过
在冷雨里瑟缩的肩膀聚在一起
冷兵器的刃上被镀上一层冷月光
一只蜗牛缓慢地从城墙下走过
还有一些往火炉里添柴的时间

我站在橱窗外,却相隔千里
时间的酒杯被打翻
没有汁液飞溅出
我站在现实的空间里

•

看到他的城池里消逝的烟和火焰
我们隔着一座废城的距离

此时,孤独就站在博物馆的角落里
古钱币里的他,被月光罩着
我和他一言不发,除了缄默相对
我们的空间里只剩下沉默

西　湖

走到西湖的拱桥上
我想把所有的游人抹去
我看到苏轼笔下的女子撑高油纸伞
一朵莲的微笑也被撑起来

岸边的花柔柔弱弱地开着
你在稿纸上画出的月光有些疏淡
雨丝和柳丝一起延展着忧郁的主题
云朵从你荒凉的额头上散去

在正午的灼热阳光下
在拥挤的人流中看西湖
其实莲花都被晒的委顿了
你在白纸上外添一笔青竹吧
我想在虚构的章节里走进预留的空白

风

屋外的怪响,动静弄得很大
难道风以为你不知道么
早就应该开始写一写风
捣蛋鬼开一个口子,大大的
从此刻开始
我把风置于脑后,手边,眼前

山谷里的风,比微风更深刻
冬天里的风比春风更深邃
爱比痛更容易让人习以为常
你此刻所在,比另一个地方
拥有更多的风,风无处不在
让一场风坠入另一场风里

今晚的风,让我关注细微的事物
一场风,一片风,一堆风
你从来不需要我的修饰词

多情，温煦，生气，愤怒
风从不管这些人们所谓的定义
多情或者无情，风狡诘地笑着
我来或者我去，都由着风
此时，风陷在一块思想的泥沼中

被收割的雨声

雨声是隐忍的,一直落不下来
母亲怨责的话语反复地落不下来
父亲隐忍着,脸色比阴天的颜色深沉
从四川邛崃带回来的背篓
背过草,背过菜,背过我
一篓子鸟鸣和着雨声被我收割

我坐在这个消逝的院子里
等到荒凉的雪落下来,覆盖我
相框的一角歪了,撑不住虚空
母亲鬓边的白发,左边比右边多
等着雪下来,覆盖一地的虚无

来不及细数时间的长度
爱我的人都走远了
生命的长度被下落的雨声计算着
一只空杯子还有手握过的余温
被收割的雨声在虚空里落下

炉火的余温

鞭炮声声,一地碎裂的心事
春天藏在清冽的寒霜之后
柳条松动它的小肩膀
风将它的发丝吹乱

雪花不想从冬天的舞台退场
岁月给了它一直白下去的理由
被清扫过的院子,灰尘站不住脚
炉火的余温,从一朵冷焰火中
一枚土豆在灰烬的沉默里深睡

我常常梦见一群鸽子
飞在一片墨色的树梢之间
炉火中淬炼一把刀的锋利
切割开冬天的帷幕
万物静默,谁的脚步声由近及远

一只青色的毛毛虫正爬出花蕊

远处的雪

在簸箕下倒扣着的鸟
努力挣脱被桎梏的翅膀
远处的雪被清扫
被清扫的还有空茫的鸟鸣

孩子们在踢毽子
连同雪花的沸腾也被带着飞起来
天空很高,高过白杨树的额头
另一只鸟站在小树杈上
忧伤地注视着它同伴的命运

痛苦的时候就只能承担痛苦
在结霜的窗玻璃上画了一条路
我看见另一个我依然在那条路上走
生活是一杯凉白开,正被我喝下

电线杆上有鸟飞过

录音机里的老歌
把我老家的院子
拉长为黑白温暖的调子

院子的门开着
一杯茶里的茶叶
无非是绿亦或枯黄
院门外的电线杆就一直杵在那里

一张张旧报纸糊在顶棚上
我认识了最初的字,山水人间
电线杆上的鸟只打了一个盹
最初的冷暖,无非是春去秋来

一本小人书盖在脸上
风在敲打铁丝上悬挂的寂静

在眼睑覆盖处,深长的睡眠里
那座老房子的屋檐下
有一只鸟飞出了梦之外

炼金术

我是被选择的
在这一片词语森林里的冒险
从一个词的声音、气息、形状开始
当那只鸟衔过来，搁在稿纸上
最后随着梦潜入某一句诗歌里
我烧起的火，用来炙烤思想的箔片

梦隔着一道镜子观望现实
我们隔着一道深渊观赏它们
词语从束缚的绳索中挣脱出来
真实的岸，幻境被一层层建构起来
疯癫而专注的炼金术士在打磨他的利器
在意志的井边，污浊泥土里开出澄明的花

在地图的边缘，历险并没有结束
让一个陌生的词遭遇另一个词
孤独又走到这片森林的无人之境
在悲剧开始的时候，让它们相爱

沙枣花

你的脸似黄色的小星星
当我把你放在掌心时
我拥有了一小片童年的黄昏

小径旁并肩而立的胡杨
一条柳枝伸出手来揽过夕阳
等火焰点燃白昼剩余的喧嚣

林中,一只超现实主义的鸟
啄响最后的诗行
空,空,空

过　年

一个村庄沉寂着睡着了
只有一个人踮起脚尖在贴红对联
那年夏天留在窗台上的种子
被风吹到了泥土里
还有一些事物被风吹旧了

烧一些纸钱,温一壶热酒
那些远去的人能收到这思念
还是我们虚妄的欲念,一层叠一层的心事
过年给心绪有了收纳和翻检的出口
那些燃起的火焰,混沌而又澄明
留在那一段被风吹旧的时光里
除去蒙尘的镜中,一切又光洁如新

一个村庄睡着了
那些碎裂的时间裂缝之间

春风刮过，种子苏醒了
等泥土中迷路的蟋蟀懵懂中的鸣叫
被风吹旧的一些事物
悬挂在那一丛沙枣树的枝头

雾凇

远处的树木和雾胶着在一起
树和树之间隔着一个冬天的距离
比树孤独的是那只灰麻雀
它衔着夕阳最后一片微光
投射的影子看不到自己

在雾中,孤独是一层弥漫的忧伤
一只麻雀找不到回去的路
一棵树看不见另一棵树
烟尘间,看不清向上攀缘的花
镜中的背影保持不变的姿势
比树木更孤独是时间的影子
最后的夜晚托起一小片星光
撒在时间之书的暗影中

钥　匙

木栅栏的顶部被无数的手摩挲过
绿色的藤蔓延伸至辽远的主题之外
我记得钥匙就放在门外的一块石头下
那只钥匙就一直隐藏在岁月的缝隙里

来敲门了，岑参的梨花请进
王维的孤烟和忧愁也进来吧
还有李白的诗句和惆怅一起下酒
还有谁的晓风残月也请进来吧

那扇门和岁月的墙一起颓败
凉透的夕阳跌进河流里的一个漩涡
那把钥匙和你的灵魂一起锈了
找不到一扇可以打开的门

梦之辞

我的梦里,喧嚣总是多过宁静
那些消逝的亲人或者朋友偶尔来造访
只要门被轻轻推开,一切都在那里
记忆里不会遗漏一片叶子落下的速度
古典之曲最后一小节尾音,悠长拉开停顿

我的梦里,果决总是多过犹豫
日常模糊的事物愈加清晰
镜子在计数白发与生命的长度
一些风干的种子,
嵌入墙泥里的一截麦草
我的梦里,拥有一定多过虚无

我的梦里,灵感总是比泉水流经的远
轻松写完一首首长诗,挂在树上

鹅毛笔很轻,蓝墨水一起汇入溪流
梦醒时,一张白纸却拷问我的沉默
我精心挑选的词语全部背离我

我的一个梦问我索要进门的钥匙

草原之夜怀抱着星光

一根绳子连结生命和记忆
弓箭和彩绸隐喻男人和女人
羊髀石划过五年的时光隧道

305个婴儿亲吻雪水和草皮外衣
妈妈的眼睛就是草原的星光
马匹和羊群守着一支枯瘦的鞭子
最后的粮仓被雪葬

等待七月
水的脚步掠过孩子的眼睛
繁盛的花园漂流到故乡
云朵吻过乌孙山脉
一个姑娘和白石峰遥遥相望
何时能回故乡的村庄

守望远方的远方
眼睛里流过一条甜蜜而温暖的河流
润湿孤独的河岸
生命的酒盏
绿色的绿色　草原的草原
伊犁河水打湿牧羊人的脚印
火山岩写下太阳的遗嘱

麦粒　酒杯　荨麻
男人的箭袋背着月光的影子
所有的过去就变成过去
只有今夜无人吟唱
草原之夜怀抱着羊群和星光

村庄里的细水微光

1

低下去的村庄
对自然怀揣敬意
一朵芍药花开在高处
你想靠近一片阴影
美却无言　她轻轻地走开了

我是那一株与微风纠缠的荨麻
在你的皮肤上逡巡徘徊
表达我微痒的善意
请不要拔掉它
因此你会少听到一片风声

我是微光里摇曳的秋虫
飞过你混沌的梦境

飞过一个人的村庄
飞过木篱笆围合的自然之梦

我是山背后的影子
遮住羊群的夜晚和星光
遮住仲夏的热
遮住牧羊人疲惫的脚印
戴着一顶草帽的人
锄地　赶鸡　刨桌子　修篱笆
为大地之梦采集声音
狗吠鸡鸣　蟋蟀的独奏汇入白桦林的合声

一条河流飘向荒野
飘向远方的虚无
我们接过他的梦
抵达另一个村庄

2

我是坐在火炉边拉风箱的铁匠
正午的酷热遭遇红炉边的淬火和锻打

一把锄头挥汗如雨
掘开田野尽头的第一道沟渠

一只蚂蚁不打洞
它沿着大地的缝隙走向光明

铁匠铺输出农具
锄头　耙犁　刀斧
铁匠铺输出生活
锅铲　水桶　碗勺

让我做一颗被烈火淬炼的钉子吧
钉住伤疤和逶迤向前的命运

3

布谷鸟持续地鸣叫
在这无人的清晨
它成为声音王国里唯一的国王

黑土地被犁铧拉开衣襟
生锈的马蹄铁踏进光阴的背面
在废墟边上晒太阳的人是我的父亲

在菜籽沟偷窥秘密的疯子是我的兄弟
他把种子撒遍每一条沟谷
长出苜蓿　椒蒿　薄荷　整齐而光明

羊圈在左　马圈在右
村庄的人们生活在中间
马灯的微光照亮父亲疲惫的叹息

鸽子的梦被关进废弃的衣柜
飞翔的翅膀被禁锢在房梁之上
泪水浇湿堂屋里的神龛

苹果树开出白色的小花
我被其中的一朵唤醒
泥土中浮起我透明的梦境

时间在星星和雪花之间握着钟锤

4

夜里谁在井台边打捞月亮

蜂群在正午的太阳下举办舞会
一只细腰的小蜂踮着脚尖跳胡旋舞

每一座颓败的院落都长着一株苹果树
这纯洁的隐士

星星般的苹果花
隐藏至低低的尘土里

河流的眼睛抚摸红马的脊背
蜿蜒而去的小路带回少年的马灯

马圈东侧的堂屋里父亲在咳嗽
马圈西侧仓房里母亲弯下身的背影

在尘世之外
此时炊烟刚刚升起

雪莲的意志

天山静默绵延而成一道背影
轻盈的雪莲花伫立在山的高处
高洁的意志之花开在高处
寒冷之剑被春天的手指融化

一万朵雪花邀请炊烟来做客
急切的风吹乱月亮的发
渐行渐远的马嘶
是谁的画笔掉落的两点黑墨

在那黄泥筑好的旧屋中
新续起来的炉火正旺
一杯浓酽的茶或者甘醇的酒
如同火热的生活之味悠远绵长

渐行渐远的灰色枝桠
远山静默成一道深邃的背景

沉默的铜剑与一只夜行的蟋蟀耳语
红柳和骆驼刺开始串亲戚

黑夜遁去　山峦寂寂
我们用兰桨划开青鱼的梦
天山静默　河流冰封
鱼群潜游至水域的深处
它们在听一朵雪莲花的轻语

白雪歌

从你抬头仰望的那一刻起
雪被虚无推向大地的深渊
固执的天真还有冷艳
从天空被撕开的一角
急切地只有一个动作　坠落

也许不会遇到一个舞伴
雪把自己交给一个向下的欲望
一粒沙或者一粒尘都可以携手
一起向下,逼近白色的深渊
谁的人生比这决绝地坠落更有趣呢

推开门,看不清的十万白雪在唱歌
也或许,梨花在和谦虚的风起舞
你想撕开被定义的标签和幕布吗
雪花有了一双真理的翅膀　向上飞起

乌鸦立在高处　它和优雅的冷寂独处
雪花堆叠　将纯洁和寂静的城堡垒高
给我一把小刀　沿着冬天的裂缝
将心灵缝隙里的寒冰清走
更新鲜的雪　冰凉牵着冰凉的小手来了

草里的羊

风轻轻地吹吧
免得树叶沙沙作响
知心话要给心上人说呢
不要惊醒梦里的爹娘

一首听来的歌回响在耳际
在雪山高处的雪莲听见融化的冰
如果你要来看我
要走一年的路,马儿不能停
一朵雪莲花细说矜持的花语

风吹瘦了草原和河水的腰
在荒芜的深处,那些喁喁细语
不要惊醒草里的羊

春天和三月

梦里,衰老被一层一层剥开
有个声音问“你怎么一下就老了?”
衰老很无助地低下沟壑丛生的脖颈
就像一截衰老的树皮凝视你
水面上被惊醒的涛声循着夜路渐入深处

三月里海子的春天依然很暖
当他交出死亡的答卷
他的诗歌在十个春天里全部复活
如果他不选择死亡,而选择衰老
那些太阳的诗篇会随着涛声褪去么

我在一个衰老的梦里醒来
那些有关春天和花开的词淹没我

一粒沙关闭向外的窗口

我用孤独喂养我的伤口

等到被忧愁缝好的结痂又裂开

等到冰冻的泥土苏醒过来

等到春风吹开土地深处的褶皱

等到我喂养的痛处开出花朵

我每天打扫思想里的庭院

积雪和阴霾被我清除出去

晾晒蔬菜,也晾晒忧愁

借来春风的笔画一树桃花的天真

每天都在河水里清洗诗歌里的意象

让那枝峭壁上开放的孤独之花永恒

自闭时,一束光都不能照进屋子

我和我的旧时光一起变成旧物

一粒沙也要关闭向外的窗口

沙亦是海,海淹没了沙

一滴水已敞开最大的怀抱拥抱海

谁的命运被沙海推挤着漂远了

故乡退隐成一个词

每一处荒芜的院子
都有一把锁,等着谁再次回来
一盒子石头码放整齐
在墙角等着那个童年的顽童再回来玩
所有的锁最后都锈了
在铁的内部,衰老慢慢地入侵锈蚀的根部

一个老妇人拄着拐走得摇晃
一群羊跪卧在圈里,数着星星
一棵沙枣树曲折望向高远的天空
那个年幼的孩子提着沉重的桶
他如今站在时间的边缘浇水
浇灌那一座荒芜的村庄

故乡最后退隐成一个词
在尘世之外,时间之外
他远远地站在那里回望我

第二辑 草木辞

决　明

想起二十年前的那一夜
微风的犄角撞疼了林中小路
青色草原被关在盲眼之外

从葡萄美酒深处升起的月亮
月下,淡黄色决明之花掩唇微笑
流沙上写下的名字
流水清洗过三遍了

这是荒芜盛开的秋天
比轻还轻的灵魂
比重还重的艰辛
比漫天大雪还冷的决绝走了

盲歌手的歌声比清凉的夜更清澈
那个夜晚追着银灰小马
马蹄印浅浅地陷进深渊的底部
缓慢的日子泛着一些微凉的光芒

独 活

风从远处推你
风从近处推你
你是叶片上遗漏的一点光阴

在山谷的尽头
风的手指　透明的
轻轻摇落一地青麻叶尖
影子很薄　你接近黑

你是那一片最孤独的草叶
揉碎了　成烟
融进暗蓝色的脉管里　沸腾
最后一味药等待　救赎你

你无处不在又无迹可寻
衰老的阴影坐在楼梯的拐弯处

一朵莲的微笑

一支浆把六月撑开
撑开一朵莲
撑开一朵莲的微笑

三两红鱼挤着莲蓬的小腰
水中的问号吐出圈
在计算网罟的多少
计算花的魂
计算轻的重量

你的笑如雾
淡得抹不开
唯有根脉深入黑暗的隐痛
深入庸常的木然

跃起又坠落的蛙鸣
在试探嘈杂的长度

一朵莲的梦来不及做完
幽闭的眼光再次关上沙子的门

还有一只鸟用喙在敲打信箱
荒芜背叛了此时的幻境
从容的白鹭纤纤长脚迈过浅溪
谁先交出偏见谁就输了

门扉又开　鱼游深处
两粒莲子在黑暗里密谋一次哗变

苍　耳

熟悉和亲切是一对姐妹
比刺还尖的那把虚无的刀
将一粒沙的两端割裂成岸

突然闯进这片林子
落日被羞怯烙红了
虫鸣的余音被沉默的叹息带走
狡黠之笑从犹疑深处浮起

山高处　月光疏淡
潦草的云用极少的笔墨勾勒留白
苍耳却没有一只耳朵聆听
欲望低下头,回答爱的疑问
半个月亮在网中挣扎

夕阳逼近光的末路
在我还没有抵达你之前
带刺的信使在深夜里赶路

甘　草

藏在四月里青苗之间最安全了
裸露在幽谷中的一株植物是我
思想从春天之外伸出芽
一株平凡的甘草做了药王
好似矜持背叛了表演之喧哗

我克制了四处逛游的耐心
退回到一粒种子的内核
穿过绯色的街巷　烟火之间
去看小米粥里的薏米是否漫过水面

盲歌手吟唱的音符之间
悲伤的风不忍走下云的台阶
走过河西之岸
七月开出紫色花蕊

善从恶的土壤里来

香草告别美人的明眸

植物回到寂静和斑斓内部

思想的触角还在根部深潭里漫游

蒲公英

我不信你的谦逊是真实的
从乌发上逃离的簪子
敲击草叶的裂口
有一个隐逸之处
藏着你细微如丝的试探

描画一幅骨骼
在这株草木的内部
当任性的风吹起时
你不会跑开离我太远

沸热的熔炉中你碎裂的身体
被凝炼成一粒朱砂
停驻在古典美人的眉心
蚕丝退回至茧中

被风吹散的种子
为那些离散的灵魂唱一首歌

芍药歌

被绿窗纱磨圆了铜镜
青石上醉卧花丛的笑面
芍药花的枝蔓低于你的寥落
四月的冷雨,婉转的眼波中
我等待有关你的盛放

韩愈醉倒在芍药歌里
我用黄昏的麦穗给月亮编个发辫
空气中弥漫着萧瑟的味道
我捡起一簇草木的眼泪
枝椏间,我偏爱的那只灰雀
另一雀的眼光投向天空的笼子

树荫下,一簇簇青杏打开幽闭的心
神经质的风吹散影子的碎屑
极致当然比中庸更美丽
难道偏爱一定要遭遇带刺的花

啄木鸟执着于叫醒睡着的森林
我惊喜于即将进入的这本植物书
一只花甲虫的脚比我走得更慢
一生的时间耗尽在几片叶子之间
而我想用寂静换取慢的长度

海　棠

西风让叶子把绿衣服脱了
西风让海棠把花衣服褪了
满地落花灼伤人的眼睛
一条河穿过　沉沙荡涤暧昧的混沌
携花锄的林姑娘还在碧纱窗下打盹

铜灯照亮青色案几
那个秉烛人照亮暗夜的最深处
他在翻找一首关于花的旧辞
从檀香的余韵尽头跑出一匹马
跑在月亮初斜的四月里

月小　风清　竹子的额角挂着雨
一朵落花的魂穿过寒塘的涛声

风滚草

蓬头少年在风中跑起来
跑过戈壁的肩膀　跑过石头的路
流浪汉有什么不好
被风的脚印追赶得紧呢

风滚草开花叶叶白
虚空收起隔阂的脉管
一只手握着虚弱的种子
无论什么都不能阻止抵达远方

花言巧语装满一筐
蓬头少年拿着钥匙打开空无的门
住进去　天空少一扇窗户
月光如被　比暖还暖一些

云　杉

那棵孤单的树
就是我的影子
我带你到我的雪之塔
只在高处,义无反顾的高处
只由风解开她的发辫
时间之沙漏空无一物

风的斧子砍伐秋天的藤蔓
我看到你的根须紧密地深入虚无
大地颤栗,干渴的树根更深入掘进
泥土和尘埃移动细小的步伐
你沉默的额角只需一束光分开

那散落的碑石
被时光之手抚摸的疤痕
在这棵树我的身体内部
每当风刮过一次

我的雪之塔就摇动一次
那漫天的金黄
我们狂野的时间之舞
天空被减去一扇窗子
一片叶与一片叶之间

白玉兰

一朵白玉兰开在古巷的尽头
在枝繁叶茂的阴影里
那种没有声音的呼唤盯紧我
我的右手交出北方的沙
我的左手握不住雨的叹息

兰花袅娜走过下塘的第三个台阶
淘米的水声漫过蜗牛缩回的触角
黑夜被涂上黑漆　昏黄的灯光
照亮清灰的瓦片，屋檐的沉默
被时间退回的蛙鸣在杯盏之间踌躇

在水中兴奋的植物期待更大的雨
我想看清一朵玉兰酝酿开放的瞬间
阳光的刀片割开疲惫的影子

浆水动荡,月光漫过古桥
穿过春天的柳条,但闻见米香
灶膛里的火已经等不及
那削完第二支茭白的时间

紫　薇

轻抚紫薇树的枝干
云影晃动,鹿受惊的眼神
将春天的褶皱一页一页翻开

风动,鱼儿缓游至春的深处
雨中的浆划开四月浅浅的伤口
一盏灯火追逐另一盏灯火

昏黄的岁月里
翻找你的名字
你洁白着,即使没有名字
一个孤单抛开另一个孤单

杜鹃鸟声声急
泣血地诉说里
如果能把骨骼还给泥土
一棵树的瘦影竟然被时光拉长

雨　中

被蝉鸣熄灭的一盏盏灯火
又被雨滴的复响声一盏盏点亮
雨如丝　如烟　如雾
江南烟雨中最后一声蛙鸣回响

幽鸣中静卧的墓地
那些被金色细线描绘的名字
亲切的小名被谁的声音重新唤起
茭白田在左边，墓地在右边
院落里新一茬薄荷被装进小篮子

那悬垂在相框里婉转的微笑
熟捻的笑意让泪水在眼眶里打着旋退回
她的发间　葱茏的主题蔓延伸展
轻轻噬咬的齿痕划开混沌的伤口

雨中睡莲　清晰的笑面

交错翩然的两只白蝶

含笑花的莞尔一笑　意味古典

那青草身上的新鲜,只发出一声无邪

时间与花

向上的攀援是自己
向下的坠落是自己
当危险来临,将自己一分为二
一半在明亮的喧嚣里
一半在暗黑的虚无里

在练塘街古老的巷口
斑驳的木纹深处藏着断裂的伤口
被时间遗忘的尘沙站在垭口的边缘
一半是深渊　一半被深渊包围

向下坠落的你　也能一分为二
羽翼的善托着你　欲望的重坠着你
在词语的森林里　我们告别生活
一只壁虎的尾巴在轻微的疼痛中被粘合
落笔处的黑字　那小小的永恒
被下塘街巷口的昏黄灯光暖热

今夜一只向上攀爬的壁虎不再犹疑
一侧是暗哑　一侧是喧哗
它的趋向是不存在的存在
时间想让这朵紫薇花的欢颜停驻
如果不让一片叶子落下
在词语的森林里　只是我愿意

空房子

桥边　月亮在打捞井里的心事
井中　一条鱼追逐另一条鱼
影中　一条鱼抛下另一条鱼

望月楼里的月亮孤单着
游园惊梦里的水袖被静寂缠绕
婉转的曲调在回廊之间曲折
茶花的凋零是决然地一次坠落
一朵雪轻轻把悲伤覆盖

还有一只鸟立在玉兰树的枝头
它的鸣叫打开了秩序的边界
嘈杂和静寂悄然交换了约定
树影花影船影　时光背影回转

空无之聚会也可以盛大
一条鱼进入一条鱼的生活

当我举杯邀请明月的时侯
孤单和孤单的影子却不在场

站在低处　空房子里被虚空长满

枫桥夜泊

那漫天的霜和你的忧愁比
夜色被沉雾拉扯着更加重了
我在三百首唐诗的册页里捡拾
你孑然独立的枫桥边
那最后的渔火在一场梦之间忽明忽暗

香樟树的香把夜里的月光涂亮了
那幽闭的睡莲被一把碧油伞撑高
而我在这唐朝的驳船里等一壶酒温热
等那个瘦长的身影,蓝衫萧萧

我抚摸着石刻上的文字
抚摸着火的影子
诗人的背影如一道瘦长的竹影
匆忙间来不及收割完空山的鸟鸣

枫径竹枝词

天目尽头摇曳而来的小舟
三只鸬鹚弯曲的影子被魏塘的水打湿了
打捞鱼声，打捞晓风，打捞残月
那些在竹片上模糊的墨影
我想写完那半首寂寥的竹枝词

紫石街上徘徊过的旧人
还在温热的酒中酝酿新语
那匹马站立的塘边，瘦竹影下
迎来的是归人还是过客

半亩莲塘，蝉鸣叫醒的涛声
夏夜的风吹皱了凭栏的青衫
谁还在那半首竹枝词中辗转
红钗沽酒，一枕落花半梦酣

一只鸟从凉夜的雨声中惊起
那屋檐的翘角,长满幽寂的回廊
野蔷薇的花香牵绊远去的木屐声
被一扇旧门关闭的车马闹巷的喧哗
遗失的半首词犹豫在昏黄的灯火间
最后从一只鸬鹚的口中呕出

草叶低处

三重红门，幽怨走出妃子的美目
谁的红指甲拂过烟雨的清寂
众声静默，一枝断弦呜咽低过虫鸣
石楠花开，谁的脚印被熙攘的雨声打湿

欲望的花催开石鼓的回响
草叶返黄，谁来为额角的清朗添一笔黛青
那婉转的碑文刻进疼痛里
一棵柏树的洁白高过飞檐的翘角

牙齿噬咬牙齿，骨骼亲吻泥土
你们在火中取出栗子的焦灼
水为镜，镜子锁住吻痕的倦意
远处空寂无人处，疏影横斜

嘈切雨声打湿一座翠园的绿

岩层深处的矿脉,探测一束光的幽微

即便化为微尘,被抹去的痛快成为盐

草叶低处,一颗星追逐逐另一颗星

紫　藤

所有的事物握在手心就成灰
那写在早晨额角的一束明亮
在你眼中,小松鼠的尾巴比晨露还轻
隐埋在树洞深处,漫逸的钟声覆盖静寂

暮溪旁,扶起落花,扶起炊烟
在彼此眼中,藤蔓纠缠藤蔓
骨头的轻多过根脉掩饰的重
众叶俱灰,最亮的一片绿色不要落下

孤单的渔火被莲的叹息吹灭
愁眠由一支浆的回转撑开
众荷喧哗,我独爱那最安静的一朵
紫藤花开,悬垂的重量比暮色更低了

鸟鸣空山

年轻时我从没注意那棵树
也没留意太阳遗漏下的那些光
高过院墙上面的拉秧花
当我老了,又经过这里

光芒褪去薄衫
鸟鸣隐退树叶尖角
我退回至衰老的身体内部
来得及把思想擦拭干净
樵夫打了一担子雪花回家了

当我老了,我有时间
让自己两手空空
十朵桃花醉在五月
爱总是从深回到浅
我醉倒在宋朝的一间酒肆

回来时，转角都是花香

空山静寂　时间深处

浑浊的月光下，狗吠安歇

燕子鲜红的喙啄破春天的小门

月光荡漾在一樽陈酒的消弥之间

时间博物馆

无聊钟摆在时间的岸边荡开
橱窗后边,一只玉蝉从灰尘开处飞起
飞过唐宋,落在紫石街断桥的凭栏处
听落花辗转情深,叹流水决绝无意

画中女子走下石街
走出一把油纸伞撑高的烟雨巷
我在断桥的另一边苦思
半首落花词就隐在一曲评弹的起落之间

玉兰花的白涂亮了幽寂的夜色
那只玉蝉的羽翼飞在时间的岸边
羊齿草沿着平仄曲折一路咀嚼下去
江边的灯火一盏一盏被风吹灭

幽寂暗下去,虚无暗下去
那画中女子睫毛下隐藏的愁绪暗下去
时间的钟摆在虚空间左来右去
玉蝉飞离,将空山中最后一盏灯熄灭

第三辑 长歌吟

心　愿

让冬天里的乞丐有一团火
一团很小的火
可以烤热他熄灭的灵魂

让出海的渔人有个安全的航程
在风暴来临之前
安全的靠岸

让那些迷茫的路人
有一个安静的避风处
风停了以后再匆忙上路

让那些在痛苦中挣扎的人
看到些许的希望
让那些鄙俗的人
都能度过这个寒冷的冬天
春天的时候能被阳光和花朵照耀

让那些善良的人
在土地里能够采摘清凉的露水
在夜晚来的时候看见温暖的笑脸

我有一个心愿
雪是白的,覆盖整个冬天的梦境

理想城

这是一座清澈明亮温暖的岛屿
在这里,你可以不用区分真理和谬误的所在
有一条通往清晰的路
走还是不走由你决定

鸟群被诸多的答案纠缠
沉重地无法张开轻盈的羽翼
“欲望”之树在泉边蓬勃地发芽
“理解”的风简洁而宽容
痴缠一片又一片不同的叶子

走入幽境的深处
神秘粘稠阴郁未明的黑暗之谷
只需要一场怀疑的小风,就被立即吹散
你误入“非理性”的洞穴沉沦

有一面澄澈的湖水救赎你
向左边走,就能靠近“深刻”的湖水
向右边走,也能深入“平凡”的山谷
走还是不走由你决定

诸多选择和迷人的光芒环绕这座岛屿
能到达这里的人极少
零星的脚印无一例外地走向了虚妄

在一颗小星星下

让我为自以为是的必然向偶然致歉
如果这种必然是盲目的执拗
那么请必然也原谅我

裂开的伤疤原谅我不小心地揭开
草尖上的蜻蜓请原谅我无视你的梦幻和美
当你试图侵入，请原谅我假意地逃避

一尾孤独的鱼拒绝活着
原谅我，再次将你置于孤独的水中
在书页中枯萎的蝶
原谅我，将你作为标本凝望数年

那些在风中模糊的名字
请原谅，那些爱过或被爱过的人们
暗夜里，被举起的刀斧
让我向树木和虚妄的欲念致歉

在一颗有信仰的星星下
那存在的奥妙,我扯下月亮的裙裾
才能真切地看见
请原谅我的愚昧和轻信

我紧紧地拉着生活的叶缘
请原谅,我无视生活的惊喜和庸常

走过普鲁斯特的秘密花园

词语的森林很茂盛
清澈的水底有木头在腐烂
我们的花园是外婆蔑视的花园
梦想总是站在高点
看着循规蹈矩缺乏想象力的生活

在一个遥远的中午
我们听见钟楼上一点钟敲响
整个下午时间一片片掉落下来
直至最后一声钟响
正午的炎热退去
奔驰的马匹风一般掠过河床

马德莱娜小蛋糕丰盈的小扇贝
严肃而虔诚的褶皱潜入意识之流
我握住你虚幻的手
和你谈谈秘密花园里的房屋，花朵

在不可触及的小水珠上
记忆的云朵一吹即散

树叶变暗　黄昏哑默
钟声之后的寂静
天空留出的一部分蓝
可以供我们读书，自由呼吸
晚饭之后，外婆去花园散步
她的微笑只讽刺她自己
热情的目光用来抚摸喜爱的人

秘密花园看不清事物蕴藏的秘密
失去的乐园　唯一的真实

秋　分

当你说我们快老了的时候
我听到忧伤这个词摔倒时
骨头断裂的脆响

最后的阳光劈开晨昏的影子
耕田的牛在秋天的工笔画里劳作
再配上一管悠扬的短笛
尾音里坐着那个呆萌的牧童
吃一些野苋菜和茼蒿
在颓败的菜园里捡起最后一片萧瑟

秋风这让人感伤的事物
像昨夜咸涩的雨和离别的冷
快接近月圆的时候
勾起的眼泪多的像无法计数的发

一尾孤独的鱼想纵身逃离
而我执拗着第三次把它放回鱼缸
依然优游地游弋着　如我

理疗室

她们讲的话都和疼痛有关
头发丝一般的疼扎下去
就像快溺水的青蛙又轻轻跃出
水温可以再高一些
麻木也可以是最舒服的姿势

半夏　艾蒿　秋天的一味药
这么好的味道飘散过来
在理疗室不会落下任何一个鼻孔
可以驱散身体里的毒

荒芜的空间里
只有风的脚印留下
还剩下最后一味药　独活
能让血更热烈一些
这样好流过庸常而琐碎的一生

怀疑的风一吹就散

一颗棉桃就是一颗星星
此时大地就是天空
让我们一起数星星吧
就像从前一样
一条河是一段路
通往尽头的同样是虚无
让我们数一数秋天的叶子吧
数不清的是一些寥落和哀愁

我经过的院子未上锁
也知道钥匙就放在墙角的砖头下
我看见父亲、母亲,女儿他们都在
此时炊烟刚好升起　零星的鸡鸣狗叫
那只叫小白的猫
从我愣怔的瞬间跑出来
我关好那扇不存在的一道门

一地碎光是月亮洒下的银子
我想听恹恹的炉火后面的絮语
有没有我小时候的淘气和调皮
夜太静了,听见你矜持的呼吸
回家的路太暗了,刚巧你在转弯口
我早知道是你有心的等

一起数数篱笆上的喇叭花
你爱白,我偏爱粉的
在沙上写下忘记的流云
譬如怀疑的风一吹就散
数一数我们曾经仰望的星光吧
就像从前一样

他年轻的样子

在梦里我寻找他年轻的样子
那时候院墙还没有被垒高
他总是坐在那个小凳子上
阳光泻下来　晒热他的脊背
和我一样高的额头　头发也很黑
虽然我从没见过他浓密的头发
就像我的黑头发

在梦里　我去找父亲
母亲好像出远门了
当我敲开院门的时候
高处的一片榆树叶子正好落下
年轻的他并不认识我
他没有说话　让我进来

院子里的炉子里还有火
左边的炭棚里也有煤

码好的柴就放在右边
我可以往炉子里添些柴或煤
年轻的父亲并没有看着我

在梦里
我曾经见过他年轻的样子
假如他还活着
他会一直看着我
从不会把他的眼光移开

如果仅仅是一个抽象的词么
像深夜里疯长的藤蔓
占据那比荒芜更渺远的空间
时间的手竟然也触摸不到他的温度和气息

如果这一生不曾有分离

握手瞬间

早上我拉着小宝经过小区门口
狭窄的门　两个老妇人即将交错而过
布满沟壑的脸上
我想数一数那些曲折的纹路
她们交错而过用暗浊的余光看到彼此
那些皱纹随着嘴角的笑意更曲折了
她们伸出同样皱褶密布的手
紧紧地颤抖着相握
这像最后的握手
仿佛此刻的一别就是永别

而我拉着小宝只能继续走
幼儿园门口
小女孩拉着母亲的手不愿意松开　哭着
这位母亲被纠缠的哭声激怒了
她狠狠地甩脱小女孩的手
哭声更大更猛烈

也许此时她的狠也是一种爱
我悄悄地为这场分别难过

我喜欢温情胜过暴虐
我喜欢沉潜之后的轻盈
我喜欢不被定义的事物
我喜欢非理性多过理性
我喜欢线条纤细的工笔画
我喜欢不开花的植物胜过开花的
我喜欢有所保留而不愿过度阐释
我喜欢忧伤的吟唱多过热烈的颂歌

我喜欢还未认知的事物
胜过我所提及的事物
我喜欢分别的泪水,隐藏着爱意
我喜欢写诗的过程而非结果
我喜欢黑头发胜过浅色的头发
我喜欢星星的时间胜过浮云的时间

那些永别的瞬间
我喜欢铭记胜过遗忘

碎　光

昨天子媛放学回家
忘记了穿外套　背错了书包
两行鼻涕一左一右印在脸上
她爸的训话和唠叨
让她难过地撅起嘴
两只胳膊搭着放在桌子上
头也埋下去

我想到童话故事里的鼻涕虫
七个小矮人里的一个
我能记住的最可爱的一个

我想到曾经遗失的小手套
连接的绳子断了
永远遗忘在那条飘雪的路上
我想到无意间拉倒的抽屉
一地碎了的鸡蛋

我想到失手打碎的碗
还不小心划破的手指
当我挂着小鼻涕乱跑的时候
母亲唠叨我没有多穿一件衣服

昨夜子媛睡得很香
她依旧会在梦里翻身
从一个梦翻到另一个梦
我想到40年前的我
妈妈跟随我的小身体移动的轨迹
我俩也在互相依偎的梦里
划了一个圈

走了那么久,我看见
时间沙漏过滤的一些碎光
照亮虚镜里些许的小小忧伤

云朵和梧桐

有风刮乱树的影子
天空里印着我的眼睛和你的倒影
枯萎的葡萄架缠绕着青涩的记忆
我不能握着你的手

阳光里的喁喁细语
蚂蚁背着隐秘的包袱前行
铁链上布满星星的眼睛
风和空气是自由的
我想从山里采下那些发光的叶片
驱散你心里的阴霾

我想和你一起走上春天的山路
即使鞋子上布满泥泞
寻找露珠里的太阳和花蜜
我想和你一起追赶月光下的萤火虫
那些披着孔雀衣的小舞娘

我想和你一起涉入每一条清洁的河流
湛蓝的水波里亲吻飞鱼的眼睛
我想和你一起坐在正午的屋檐下
一截木头和一些年轮的记忆
诉说那些我们曾经相互映照的过去
那些话像春天的雨
不断地落向你

我想和你再想起三月
那些忧伤的盐和沁满花香的蜜
我想和你一起　月光微凉的夜
穿着绣满星光的晚礼服跳舞

我想和你一起走在你回乡的路
没有脚印雪花牵引你
云朵和梧桐树都写满你的名字

我想和你一起　无止境地走
拥抱真实和美丽
拥抱灿若星辰的日子和太阳的光明

你走过风行走的街道

你的名字月光下的银器
被父亲的呼唤一遍遍擦亮
猎手射杀的雪鸟被人们供奉在高处
此时九只花斑豹与火的女儿跳舞

人们在炎热的正午绕道而行
害怕失去影子
颂歌式的葬礼被千只百合拥簇
当阳光覆盖烟尘中的木莲
让我们暂时退后
谁的影子会被未名的诅咒掩埋

他们轻轻唱歌　盐粒中祈祷
连着一座桥
你走过风行走的街道

鹿群和土地

昨天晚上降下大露的地方
草长得最茂盛
吟唱了整整五夜
才唱完一支歌

只经过一次的路
就永远记住

他乘着树干做的独木舟来到岛上
沿着太阳行走的方向就能登岸
静立的木雕睁着惊讶的眼睛
我们不能靠近
循着矮草地甚至石头上的足印就永远不会迷路

在清澈的河岸,在一棵树上
星月河流图腾符号

同心圆的橡胶树

青蛙的外衣藏在夏至的花丛

它们守护鹿群和土地

蚁穴里全是深长的睡眠

优雅的红鹤单腿站立
仿佛漂浮在湖面上的红云
沙门子的早晨被红色的炮声唤醒
整个村子都在等待远方的新娘
蚂蚁穿过树林头上顶着叶子
冬天的蚁穴里全是深长的睡眠
马灯点亮小羊出生的夜晚
黑脸孩子的胡须在一夜间长长

屋外的村子也睡了
一整夜都在飘雪
不能让蜡烛熄灭只有星光仿佛如昨
她的影子在冰面上舞蹈
仿佛还在听我们在炉火前整夜絮语

蜂箱里藏着一朵花的疼痛

妈妈手心的掌纹
村庄的外衣　金黄的外衣
黑土地衔着金色的歌哨
吹醒清洁的河流
泥土或者沥青铺就的路
哪一条更接近村庄的心

铃铛刺　粮仓　酒窖
蜂箱里藏着一朵花的疼痛
纠结在少年额头的皱纹
村庄的孩子　伤感的孩子
哪一条更接近村庄的心

肥羊　倦鸟　马槽
马灯的光亮漫过父亲疲惫的叹息

梵高曾经热爱的麦田
把疼痛的伤口埋葬

麦茬　月亮　秋霜
母亲披着月光的外衣掖好被角
父亲在路上背着永远长不大的孩子
红头绳羊角辫
一直能靠着宽阔的肩膀
总也走不完的夜路在记忆的河流泅渡

每一条路都是通往回家的路

吹响风笛的沙子

小小的风里
金色芦苇排队站着
沙漠隆起的脊梁上面
像风中的骑兵

忧郁的夜之王子
吹响风笛的低音
沙海张开银灰的臂膀拥抱你
那些风蚀的泥墙依靠过肩膀
父亲的肩膀　羊皮灯笼点亮戈壁
点亮小羊出生的夜晚

孤单的一只骆驼寻找妈妈
惊慌的脚印叫醒了睡着的草滩
骆驼兑脱下金绒外衣
成为父亲母亲孩子肩上御寒的冬衣

白碱翻跟头
跃出黑皮肤的土地
没有路标的路交错的车辙
你在夜的呢喃中迷路

我的名字是月光下的银

我的名字是月光下的银
被父亲结茧的手擦亮
幽暗成一道墙

蜜蜂的脚踩过花的嘴唇
夜晚披着纱衣
走过你温润的额头
你永远不知道我有多爱你
守在梦之外

拥抱你就拥抱一切
渴望干净的阳光
抚摸伤口
苦难是冷夜里的枕头

母亲有两个孩子
没来的及见过父亲的哥哥

流水的摺漪里寻找温暖的影像
精灵飞过女孩子的屋顶
沉默站成一棵树

云和石头上都有花开的影子
阳光晒热绿麦
飞鱼的眼睛落在白桦树的腰际
时光的脚伸进回忆的黑盒子
月亮如水牵着星星回家

月光站在故乡的脊梁上

没有装裱的画哭泣在墙角
银鱼孤单游弋一整夜
和着敲打的水声
孤独的马蹄声
踏碎清晨梦的犄角

我和你用泥土和发光的叶片
造了一座城住在里面
麦田马槽和星月城堡
话语多得堆积成麦垛和云朵
没有一双眼睛穿过青纱帐
他们的眼睛里只有凋零
没听见一朵花开的声音

我拖着影子在阳光里走
正午的阳光照亮了影子
两个叠成一个

我们想去的远方
有的很近有的很远
近的在你的心里
远的在白马的响鼻里

月光站在故乡的脊梁上
父亲和母亲在为我编织的长梦里深睡
四月的雨花会开满在路上
等我们去唤醒

万物都被照耀

三月是挂着的一幅油画
大太阳下一架水磨慢慢穿过忧伤的土路
“我宁愿同太阳与河流一起生活在草原上”

万物都被照耀

大地是一场强烈的大火
谁都无一例外地感受炙烈
玫瑰红的桃树
在清冷的耕地上闪着亮光
父亲的手抚过积雪消融的痕迹
三月又一次滚过羊群的脐带

万物都被照耀

生铁是黑色的双手
拉我们去温暖之地

我们爱阳光 我们爱石块
我的爱让鱼游在岸上吐着泡泡

你不是流浪的孩子
你有一个家　在我的心里
有澄明的湖水和安静的毡房

万物都被照耀

一地阳光抱着我们
三尺蓝布覆盖我们
新鲜的血液流过溪水
是明亮的玉器
在三月充满燃烧的欲望

伸出手接过一颗星星

1

黑马游离于黑夜
虚无的翅膀划过

油渣　玉米粒　一把青草
吃过夜草的黑马壮
父亲点过的马灯亮

2

我伸出手接过一颗星星
雪覆盖雪
纯洁覆盖纯洁

3

父亲伫立在时光背后
今生或者来世的女儿
坐在春天的秋千上飞舞

4

在春天和荆棘之间
一株蒲公英梦见露水

在爱与痛之间
影子与影子擦肩而过

有人在整夜念诵
在生命与荒芜之间

父　亲

父亲曾经是一个马房饲养员
从我记事起他就老了
我四岁多的时候经常被他带到马房里
检阅排着整齐队伍的马匹
红色、黑色、金黄色的马

父亲用叉子叉上草放在马槽里
马们很安静地吃草偶尔发出响鼻
我不敢站在马的侧面或后面
我害怕它们尥蹶子
我喜欢那匹有着红色绸缎颜色的马
借由父亲的手我摸过它光滑的皮毛

父亲沉默的影子
陷落在昏黄的马灯之间和我的记忆里
父亲不识字　他爱他养的马

父亲不爱说话但有时他会对着一匹马絮絮叨叨
他总是很从容地面对生活里的一切

沉默拥有不可捉摸的力量
父亲沉默的影像徘徊在我的梦里和回忆里
甚至一辈子我都会这样去怀念
写一首朴素的诗歌　关于父亲

白月光

月亮湾天使流下眼泪
深蓝色蓝绿色的飘带
系着成吉斯汗的两串脚印
早晨醒来的松林带着清冷的风
和黛青色的山脉握手
九月的光芒不会遗落一枝干枯的苇花

山凹里的木房子是图瓦人的家
总有枯朽的木头等在墙边
风蚀的泥墙洞里藏着童年的秘语
地板下有母亲储藏的蔬菜和土豆
白月光漫过喀纳斯河水寂静无声

清冽的河水刺痛你的皮肤
羊群在夕阳的阴影里踱步
晚归的孩子看见炊烟和曼陀铃游戏
满山的黄菊张开手迎接她们的花季

一匹白马与紫色矮樱有个约会
白马的忧伤只有喀纳斯河岸的石头知道
等不到你,你没有如约而来
月光之杯盛满忧伤

月光之杯

光影中刀柄交错
干渴的河床倾泻成沙
枯黄的苇子背转身
与残阳一起站成风景
时光的脚步如影随行
紫罗兰堆集成一道幽深的暮帘
沉重的呼吸背后是竖琴的颤栗
或者生命低回接近的涅槃
两匹白马静默伫立
月光隐去的寒夜
没有溪流吟唱的沙床　空无
只有低飞的风环绕孤独的老梧桐

寒霜折断树的枝蔓
女王头像刻在舵手离去的船桅
金色丝绸覆盖沙漠尽头的红柳丛

只有风听过生命最后的歌唱
沙海静默　月光无声
月光之杯接近天堂的门

总是走在记忆的河流里

过去的日子覆上了尘埃
即使花落的背景被定格
熟悉的街口
遇到熟悉的陌生人
一面平静　一面火焰

雪花落满的早晨
被你爷爷写的春联染上了红色
老房子变成一张小邮票
没有寄出的地址

把门打开
让雪花的脚印走进来
娃娃怀抱木琴
长头发飘扬春天的雨帘
母亲的一千零一夜还没讲完
在梦里遇见姑娘

无数的伞也遮挡不了天空
雨会落下来
我们总是走在记忆的河流里面

棉桃藏雪

棉桃藏雪
玛纳斯河手挽一对儿女
黄昏披纱唤回一只雀的鸟鸣
时光的剪影越走越远

大地返青
炉膛里的火不熄
羊羔子跪着吃奶
父亲手里握着马灯的微光

女儿长大远走他乡
青花瓷碗盛着月光
执着的雨声想浇灭一朵云的心事
时光的脚步不远不近

麦子和村庄

文字像着了魔的精灵
等待咒语沉睡中苏醒
驱散夜里游走的影子

蜜蜂在石头的阴影里筑巢
我们在捆绑的石头路上走
铁丝网和草屑在风里舞蹈
每一夜都像末日蚂蚁在身体上散步
诗歌长着一双年轻的翅膀
在纯净的心灵之间飞舞
蓝海上漂过飞起来的网
透明的琥珀遗落树洞的深处

麦子和村庄都睡了
草垛上方的天空漂浮着云
融化在无限之间
漫天的雪花卷起你温柔的肩膀
两边是黑夜中间是温存

澄明之境

藏在音乐里的盲孩子
只记得那些流过身体的音符
她们在暗夜里
和这杯红酒的霓裳起舞

红鱼吻过的痕迹
黑色的眼睛隐匿在黑色夜里
只能寻着音符触摸心灵

绿袖子打开暗夜的门
把你的名字放在谁的手心
与雪花共舞的星星
清澈的眼睛抵达澄明之境

坐在沙漠两头的孩子看云
有鸽子飞过海
今夜我只想你
升起的月光无边无际

梧桐沟

父亲的沉默像那一盏记忆中的灯
挂在马圈东侧的小屋
那时候树还没有长高，挡不住风
天空被一场风吹黄，马儿只顾低头吃草
父亲粗糙的手被锈红色的锦缎覆没

梧桐沟被一片大水包围
父亲乘着木舟寻找一张手绘地图
那条未被命名的河流淹没他

清明时，我想起母亲和父亲
未出世的婴儿也在等待他的父亲
那一场怀着巨大渴望的等待
父亲永远潜入那一条未明的河流

泛黄的老照片在一次次迁徙的途中失散
鸟群也载不动的忧伤被记忆之船收藏

那一天父亲乘着木舟来与母亲重逢
伤口在梧桐沟有风的夜晚结痂
乌黑的辫子被风吹乱了

白桦林里镌刻着女儿的名字
被大风吹散的两个人
一个流散在梧桐沟沙漠的边缘
被命运遗失的你们会辗转多久
才能在轮回的尘世里相遇

我用谨慎的句子想象和描述你们
是谁在风中大声喊我的名字
我醒来时发现手里握着一粒沙

博尔塔拉谣曲

1.达勒特古城

陶灯
一座废弃的城
离散的灯火和羊群
点亮一盏陶灯
点亮比黑色更黑的夜

搅动深绿的胎釉
茶香缓缓升起
绛红色衣袖　离去的背影
谁在为你添香

铜马符
交出一道隐密的符
权力的眼　睥睨
驰骋的军队　烈马　铜剑
交出一片生或死的疆域

马群奔腾
裹挟着尘土和决绝
风的手指打开草原的门

羊卜骨
占卜疾病或者命运
我是草原上遗落的那一片
云换骨　血换亲
仓惶的月亮交出银
换走苍茫

2. 赛里木湖

有思想的湖水
她的性格是有颜色的
灰色忧郁　蓝色深情
而绿色有一对银色羽翼

暗哑的夜　船桅高处
只有风在听哀伤的絮语
太明亮了　我只有后退
到寻常的事物中间

蟋蟀的王偷走声音
穿上一件绿战袍
率领它的乐队奏响一支自然之歌

风铃花纠缠着芨芨草
云朵怅然　追逐梦
比蓝更蓝的幽深

赛里木湖
博尔塔拉的蓝眼睛
一滴覆盖忧伤的泪

3. 怪石峪

一座佛端坐　在山顶
佛在笑　石头无语
一切都与人类无关

时光的重锤敲响虚无之境
巨风吹过石头的空洞
天空深处　一枚马骨沉寂海底
能否再容下一粒沙栖身

黑与红　蚱蜢王
交换铜剑和兵符

被时间抛弃的世界
陷落在这小王国的回响里

一只小羊的身影嵌进石壁
回望春天和孤决
佛隐匿于旁观之外
然而是谁又在俯视众生

4. 夏尔希里

寂静的山巅
连同整个世界都在等待什么
最后的风也未曾抵达

无法说出就不必说出了
蜜蜂射出一支箭
用来驱赶谎言

马鹿惊慌地回头
错过了金莲花　风滚草的舞会
一场小冰雹敲打春天的手指

红色的树莓挂在枝头
它用甜蜜的精魂填满你
夏末最后一刻　荒芜逃逸

沿着光的缝隙逶迤
照亮最后的土地　河水　星辰
秋天的叶片围绕你的灵魂旋转

今夜　孤独如你
如哑默的山岚

5. 萨尔巴斯套

你看见草原挂在天空的腰际
岩石高过湖水
湖水高过天空

只有萨尔巴斯套的风依然轻柔
涌起的毛莨花海淹没你
离去的道路失血
白过雪　白过纯洁

躺在草尖上的黎明
摇动星星的梦
你看见孩童的笑声
比林间振翅的蜂鸟
还要轻

鸟和风　马掌和铁钉混合一体
忘记了过去
扔掉比沉重更小的负担
把封缄的伤疤还给我吧

唯独火焰
在深不见底的水上跌落
白桦树的眼睛困住一束光
除了与黄昏纠缠的枯叶

马骨干净　梦幻如金
潜入云朵们安静的歌里

桦　树

向着蜜的湖匆忙进发的蚁群
有一只仓惶地跌落至狩猎者编织的网中
白桦树隐藏青春伤感秘密
她文艺清新的外衣是别人的误读

桦树的眼睛向内,她端坐其中
清醒冷静的旁观者
旁观你的笑或痛

我们习惯用一把刀刻下名字
那一抹殷红隐喻着疼痛
却不能铭刻忘记
清高而疏离　那些密集的语词
向上飘向清寂的夜空

旷野的风

你的眼睛是一片海
梦想的岸　你在船舷上唱歌
我和海豚是你的听众
歌声和浪花都很洁白

沙漠里没有水
而我拒绝吃沙子
你为了我　把一条河背在身上
你是一枝刚出水的莲花
在沙漠里开放
我迷恋胡杨　迷恋戈壁
迷恋旷野的风

你的笑是我唯一的补给
为了我能够呼吸
你种了很多树
树林里小昆虫是我们的亲戚

我看不见你,喜鹊告诉我
你在不远的地方看我
就这样看着　谁都不说话

月之思

让我们啜饮最后一杯寒霜吧
在这个微凉的中秋之夜

用最清的月光做思念之杯
尺寸刚好盛得下我小小的忧伤

我们对饮空无和剩下的岁月
你的思绪开始变轻
飘在围墙边上的一蓬草

比安静更轻微的寂静
容不下一只蟋蟀最轻的鸣叫

我在异乡用月光的杯子
饮下深邃的酒
一地虚幻的光影

从阴影回到云朵

一道光指引着路
沿着小路躲避阴影
阴影里躲藏着柔弱的心

我的歌声
从阴影回到云朵
从云朵回到心

从远处而来的少女的纱裙
飘渺的雪白覆盖纯洁
爱人在身边

我的歌声
从阴影回到云朵
从云朵回到心

叶子尖角

姑娘眉毛

叶子尖角

柳毛弯弯

田野空空

蚂蚁点灯

风在吹蜡

娘子梳妆

远人归家

花开藏蜜

打铁换银

雨水赶路

燕子歇脚

雪白渡桃红

千里马蹄轻

爱远恨不长

冷窗休独倚

早上你走左边

像是发生了什么
预想中的情节没有这么漫长的过门
这时的尴尬被路过的行人撞破

精致的五官和倔强的脾气就是你的药
凉了就不好喝了
这你也知道

气球一个一个飞起来
绕过房顶

鱼是悲欢离合

鱼在雨里
鱼在车里
鱼在烟花里
鱼在岩画里

这幽深的空间
并不透出半点光芒

鱼是什么

你的欲望你的血脉
你的子孙你的命运
鱼是悲欢离合
鱼是情人眼中滚落的眼泪

戈壁等水蒿草迷离
鱼是什么
鱼是悲欢离合

雪线下面

小溪睡着
时间穿过树影站在旁边
鸟鸣铺展开一个巨大的意象
包围整片森林

树下的小鹿乱撞
树下的蚂蚁翻过一颗石头寻找另一颗石头
地面踩起来像是踩中了无数睡眠和梦境

我是一颗石头曾经在山顶在溪谷在鸟窝里沉睡
现在摆动着四肢搭建木屋
如果有人接近请带着清凉的水和火热的心

日升日落草木枯荣
大地的语言藏在雪线下面
不哭不闹不言不语
谜面很多谜底只有一个

九月微凉

有点冷了,大白菜的爱情诗
被微微冻住

遥远的北方,有人在唱歌
在更远的地方有人唱一样的歌
他们行色匆匆,像是赶赴一场约会
落叶只不过刚好路过

九月,太阳不够用,雨水又太多,
从身体凉到词语,又从骨髓凉到雨水

到处都是收敛,都是谷仓
都是谷仓里的充盈和丰盛
爱情很快找到途经的路口
蜻蜓的翅膀在早晨的露水里

孩子把手插在口袋里
静默的走过草地

羊群刚刚经过

蜜蜂早晨起来,我帮它理一理衣服
它的小肩膀露出来会着凉吧
它说我再睡十块钱的觉就睡醒了
我们约好去拜访勿忘山谷

刚好在转弯的路口　遇见了樵夫
樵夫打了一担子雪花回家
另一个我穿了一件虚无的黑衣服
从山谷侧面的一条岔路走了
我们说好了只要找到那个叫光明的兄弟

蜜蜂不管苦涩是不是它的底线
它跟随我的时间不超过五个小时
另一个我也走散了　路很远吧
其实山那边的阴影从没见过
有一群比洁白更白的羊群刚刚经过

40　哑默或沙沙作响

1

苦饯的苦，月光的甜
水银一手提灯行善娶妻
谁在夜里计算网罟和生命的长度

矜持的一朵云躲过风
躲不过咒语下的蛊
一只花斑小兽在月亮的洞口栖息

我从梦里打捞出一个句子
沿着春天的脚印走出幽寂
一条星星河流迷失于时光的围猎

2

一小方土壤也要种下绿
一面墙用了山的背阴面
房梁　柴垛　篮筐　梯子
它们欢喜相处搂住一座山峰的小腰

一棵树枯朽了弯下腰肢
曾经的兄弟姐妹
最后都需要一把火

灰烬　那是谁的定义
暗处的女巫咬着青春的牙齿
嘲笑我们的荒诞与无知

3

一滴两滴三滴雨落下
对我们而言的第四滴雨落下
时间不说话赶路回家

围合家园的木篱笆
关不住一朵苹果花的衣袖

一只蚂蚁背着粮食
遁入黑夜的旅途

被书写的羊群
被放牧的羊群
谁比谁更渴望自由

哑默或沙沙作响

村庄漫想

在一幅金黄交织的画布里
一个人坐在麦场旁
麦草污黄,他补充了褴褛的色调
鸟雀也失去了光顾麦场的念头
天空高远,一个梦悬挂在崖边
那个人对着散落的几个碌子发呆

秋天的麦场是一道岸
风刮过的地方,无论声音还是形状
无论是衰败的果实还是落叶
都发出辞行告别的回声
那些无法企及的理想之梦
也随着风声起落回旋

在月亮悬垂的影子下面
他的思想是不是在一段记忆里活着

那些全然静止的事物忽然失去平衡
蝙蝠的披风挂在尖利的树枝上

夜晚探测村庄的深度
几只公鸡将夜晚抓伤
没有规律地鸣叫,早晨和黄昏颠倒
你如何在一条虚无的道路上行走
留下的脚印没有给出答案

春风辞

没有一个词比拟这个冬天的漫长
从冰封阻隔之间找不到一束光的出口
一棵柳树的萌芽间隐藏春天的迟疑
一个词沉滞在某个混沌的泥沼里

迎着寒雾和春风的凛冽
泥泞的路上,人们总是把衣服裹得更紧
储藏阳光,也储藏阴霾
河水从我右边流过,春风从我左边吹过
一颗白菜在潮湿的边缘开出新芽

晾晒温暖
也晾晒一小片伤疤
潮湿的呼吸从泥土深处延伸
升腾至阳光的背面
一朵小花在蔬菜根部谨慎地开着

春天从泥土中探测温暖的深度
一个储藏菜的城堡
土豆　萝卜　白菜都没有缺席
一抹新鲜的绿从植物的根部旁逸斜出

整整一个冬天,我都在等着
等一只灵感的鸟攀上寒霜的枝头
可那只鸟却用自己的尖喙沾着蓝墨
在最后一片雪花上,写完那首春风辞章